KB119962

창문

창문

정보라

위즈덤하우스

차례

꼬일 거라고 생각은 했다. 제18차
기술지식혁명 어쩌고 토탈 인공지능
파워빌딩 프로젝트가 저쩌고 뭔지 알 수
없는 텅 비고 화려한 수식어들을 늘어놓을
때부터 이거 될 일도 안 될 냄새가 풀풀
풍겼다. 예상대로 로그인 과정부터 문제가
생겼다. 분명히 인증서를 세팅해둔 상태에서
두뇌연결을 시작했는데, 가상현실에 진입해
암호를 아무리 넣어도 인증이 되지 않았다.
공식인증서가 아닌 휴대폰 인증이나

지문 인증, 얼굴 인증을 하려면 두뇌를 연결한 무의식 상태에서는 불가능했다. 연결을 해제하고 깨어나서 인증을 다시 해보았는데, 두뇌연결을 해제하자 인증 페이지 자체에 접속할 수 없었다. '두뇌연결 후 인증 진행해주세요'라는 오류 메시지만 뜰 뿐이었다. 몇 번 두뇌연결을 시도했다가 해제하기를 되풀이했더니 더 이상 연결 상태에 진입할 수 없게 되었다. 관리회사 콜센터 직원은 언제나 그렇듯이 추가 서비스 구입을 권유했다. 끈질기게 거절하고 얻어낸 문제해결 부서 번호로 전화를 걸었더니 "모든 상담원이 통화 중"이었다.

입주한 뒤 한 시간 이내로 인증을 완료하고 그 뒤로는 최소 여덟 시간 이상 두뇌연결을 진행해야 한다. 벌써 40분이 지났다. 입주한 당일에 쫓겨날 수는 없었다.

그래서 나는 요가 서비스를 추가로 신청하게
되었다.

그러니까 내가 요가를 하는 건 아니고
운동 담당 관리자가 와서 몸을 움직여주는
서비스인데 추가 서비스 중에서 가장 가격이
싼 것이 일주일에 한 번 와주는 요가였다.
두뇌연결이 진행되는 동안 내 몸은 무의식
상태로 움직이지 않고 누워 있게 된다.
프로젝트 입주 요건이 요구하는 대로 하루에
최소 여덟 시간 혹은 그 이상 계속해서 몇
달이고 몇 년이고 누워 있으면 '근육 감소,
골밀도 감소, 신체 능력 퇴화, 노화 가속'이
우려되므로 운동 서비스를 신청하라고 입주
안내문에도 적혀 있기는 했다. 운동 서비스를
신청하면 강사가 의식 없는 내 몸을 움직여서
근육량과 골밀도 관리는 물론 피부염부터
내장 지방 축적까지 전부 막아준다고 했지만

사실 근육 만드는 게 나한테 지금 그렇게 급한 건 아니고 두뇌연결에 문제가 생겨도 운동 강사가 와서 봐준다는 사실이 중요했다. 운동 강사가 왜 로그인이나 가상 인증 같은 문제를 해결해주는지는 알 수 없었지만 하여간 나를—더 정확히는 의식 없는 내 몸을—운동시켜주러 온 요가 강사가 촬영 동의서에 내 서명을 받고 카메라를 설치한 시점에서 이미 53분이 지나 있었기 때문에 나는 몹시 다급했다.

　　그리고 요가 강사는 능숙하게 두뇌연결을 시행하더니 골치 아픈 인증 문제를 해결해주었다. 너무 순식간에 해결되었기 때문에 나는 애초에 이 관리회사가 입주자들에게 추가 서비스를 강요하기 위해서 인증 문제를 일으키는 진입 장벽을 인위적으로 만들어둔 게 아닐까 의심했지만 가상현실에 접속해서 내 의식과 기억이 전부 업로드되고 있는 마당에 그런 의심을 함부로 전송할 수는 없으니 그냥 꾹꾹 눌러 참아야 했다. 가상 업무를 마치고 깨어났을 때는 왠지 교육 실습 때보다 머리도 좀 덜 어지럽고 허리도 안 아픈 것 같았지만 실제로 요가를 하면 힘들다고들 하니까 그냥 기분 탓이었을지도 모른다.

"우리나라, 있을 때, 엔지니어, 했어요."

내가 어떻게 그렇게 단번에 인증 문제를 해결했냐고 감탄하자 요가 선생님이 쑥스러운 듯 말했다.

"그런데 요가 선생님 해요?"

"한국 오려고, 배웠어요, 빈야사, 아쉬탕가, 요가, 테라피."

그리고 요가 선생님은 더 이상 개인사를 이야기하려 하지 않았다. 관리회사 규정상

고객과 개인적으로 연락하거나 친분을
맺으면 문제가 생긴다고 했다. 무엇보다도
요가 선생님은 빨리 카메라를 회수하고 다음
고객을 운동시키러 가야 했다. 그래서 나는
요가 선생님과 작별했다. 요가 선생님이
나가고 첫 업로드도 끝난 뒤에 나는 방 안에서
잠시 천장을 보며 누워 있었다. 폐교된 대학교
기숙사를 개조해서 만든 이 기계학습센터는
산골짜기 한가운데 있었다. 냉난방 비용
절감을 위해서인지 창문을 거의 판자로
막아놨지만 에어컨 호스가 연결된 곳만 한 뼘
정도 창문 유리가 노출되어 있었다. 그곳으로
저물어가는 저녁 햇빛이 기어들어와서 바닥을
비추었다. 내가 있는 문 쪽은 어두웠지만
창가는 아직도 꽤 밝았다. 그 불그스름한
분홍빛 햇살의 마지막 조각들을 바라보다가
나는 창가로 가서 밖을 내다보았다. 사람들이

건물 앞 주차장에서 줄지어 버스에 오르고 있었다. 저 사람들은 어디로 가는 것일까. 나는 저물어가는 해를 향해 버스를 타고 떠나는 사람들을 보며 생각했다.

나는 갈 곳이 없었다. 앞으로 언제가 될지 모르지만 두뇌 업로드가 완료되는 날까지, 혹은 정부가 프로젝트를 중단하는 날까지 (이쪽이 더 빨리 닥칠 가능성이 크다) 해가 떠 있는 대부분의 낮 시간을 나는 이 좁은 방 안에서 가느다란 햇빛을 받으며 무의식 상태로 누워서 보내게 될 것이다. 게다가 그것이 현재로서는 내가 예측할 수 있는 최선의 상황이었다. 그렇게 생각하니 문득 조그만 햇살이 몹시 아쉽게 느껴졌다. 그래서 나는 버스가 떠난 뒤에 텅 빈 마당으로 나가보았다.

그때 나가지 말 걸 그랬다고 나는 나중에

몇 번이나 후회했다. 괜히 밖에 나가지
않았으면 그 재수 없는 인간을 만나지도
않았을 텐데.

하긴 같은 건물에서 생활하니까, 그때가
아니라도, 혹은 바로 그 인간이 아니라도,
언젠가는 재수 없는 누군가를 마주치게
되었을 것이다.

기계학습센터의 정식 이름은 제18차
기술지식혁명촉진및농어촌산업진흥인공
지능기계학습데이터입력센터인데 외양은
아직도 대학교 기숙사의 모습을 조금
유지하고 있었지만 안은 벌집 같았다. 안에
들어가서 복도와 방 구조를 실제로 보고
가장 먼저 떠올린 것은 교도소였다. 감방에는
창문이라도 있으니까 사실 교도소가 여기보다
나은지도 모른다. 기계학습센터 방 안에는

두뇌연결 장치와 그 옆에 침대 하나, 천장의
에어컨과 판자로 대충 막아놓은 창문 앞에
놓인 온풍기가 있었다. 그게 전부였다.
화장실은 공용이었고 온수는 나오지 않았다.
어찌 보면 당연한 설계였다. 이런 내부 구조는
입주자들이 건물 안에 있는 동안 의식 없는
상태로 계속 누워 있을 것이라는 전제하에
만들어졌기 때문이다.

   인공지능은 데이터가 있어야 학습할 수
있다. 학습하도록 프로그래밍된 인공지능은
스스로 데이터를 먹고 자란다. 인터넷에
넘쳐나는 가짜 정보, 광고, 보기 좋게
연출되고 그럴듯한 다량의 거짓과 한 조각의
진실이 눈속임하기 좋은 비율로 뒤섞인 SNS
포스팅을 흡수한 인공지능은 결과적으로
현실의 인간 생활과 거리가 먼 관념들을
폭넓고도 강력하게 형성하게 되었다. 여기에

데이터에 반영된 빈부 격차, 데이터의 바탕에
깔린 온갖 차별과 편견에 대해서도 연구
기관과 교육 기관, 시민사회 단체들이 꾸준히
문제 제기를 했다. 그리하여 정부가 내놓은
대응책은 "당신의 뇌를 통째로 삽니다"였다.
'진짜' 인간의 의식을 깡그리 업로드하고
그 방대한 데이터를 매핑해서 인간의 삶과
사회에 대한 가장 정확하고 가장 사실적인
정보를 인공지능에게 학습시키고 나아가
이를 바탕으로 만들어지는 통계나 지표들을
길잡이로 삼아 실질적인 사회 발전을
이룩하겠다는 것이었다.

　　원대한 철학이나 정책 이념 따위 나는
아무래도 좋았다. 공짜로 재워주고 돈도
준다니 냉큼 신청했을 뿐이다. (먹는 건 '서비스
패키지'라는 이름으로 따로 돈 내고 신청해야
했다.) 누워서 자면 돈을 받는다는 게 어쩐지

너무 훌륭해 보이는 조건이라 의심스럽기는
했지만 그때 나는 찬밥 더운밥 가릴 처지가
아니었다. 그리고 슬픈 예감은 언제나
그렇듯이 들어맞았다. 어디에나 통계적으로
열 명 중에 한 명 정도는 또라이가 있는
법이고 주변에 아무도 또라이가 없으면
내가 그 또라이라고 하지 않던가. 어디서
들었는지는 잊었지만 이 말은 정말 인생의
진리였다. 이 논리에 따르면 기계학습센터
전체에 또라이가 못해도 40~50명은
우글거리고 있을 것이다. 그러니까 내가
방문을 열고 밖에 나갈 때마다 가시는
걸음걸음 또라이와 마주치지 않는 것이
오히려 신기한 일인 것이다. 혹은 그렇게 자주
마주치지 않는 걸 보면 과연 이 층의 또라이는
나인지도 모른다.

　어쨌든 또라이들이 다 그렇듯이 그

재수 없는 인간도 처음에는 멀쩡해 보였다.
915호라고 자신을 소개한 또라이는 내가
5층에 있다고 했더니 '로얄층'이라며 난데없이
입에 침이 마르게 칭찬했다. 이때 벌써 싸한
느낌이 있었는데 그 감을 믿었어야 했다.
별것도 아닌 일에 결사적으로 아첨하는 게
너무 눈에 보이는데, 잘 알지도 못하는 사이에
이 사람이 나한테 그렇게 아양을 떨어야 할
이유가 없었기 때문이다. 나는 그냥 웃어
넘겼다.

"로얄층은요, 돈이 없으니까 배정해주는
대로 그냥 받은 거죠."

굳이 대답을 해준 것도 실수였다고
나는 그 뒤로 여러 번 생각했다. 그러나
이미 말했듯이 이 915호 또라이와 마주친
것 자체가 통계적으로 피할 수 없는
불운이었으니 지금 와서 후회한다고 어쩔

수 있는 일은 아니다. 그 뒤로 무슨 얘기를
했는지는 기억이 잘 나지 않지만, 915호가
계속해서 사탕발림하면서 맥락을 알 수
없는 대화에 나를 끌어들이려고 애쓰는
게 부담스러웠으므로 대충 인사하고 허허
웃으면서 헤어졌던 것 같다.

요가 선생님이 다녀간 뒤로 본인 인증이
해결되었고 혼자서도 무리 없이 두뇌연결을
진행할 수 있게 되었지만 역시나 또 다른
문제들이 곰팡이처럼 스멀스멀 솟아나기
시작했다. 처음에는 그냥 광고인 줄 알았다.
이런 공공기관 프로젝트에도 광고가
뜨나, 하고 나는 딜러가 카드 섞는 화면이
지나가기를 참을성 있게 기다렸다. 그런데
웬걸, 시간이 지나도 딜러는 사라지지
않고 어느 순간 내가 어쩐지 딜러랑 같이

카드를 치고 있는 것이다. 이 도박판에서
벗어나야겠다고 생각했더니 다음 순간 나는,
그러니까 디지털화된 내 의식은, 다른 가상
테이블에서 가상 룰렛을 돌리고 있었다.
카드고 룰렛이고 나는 할 줄 모르는데,
베팅하라는 딜러의 말에 내 뇌는 칩을 사는
단계를 건너뛰고 왠지 은행 계좌번호를
통째로 생전 처음 본 가상 인물한테 불러주기
시작했다. 그나마 한 가지 천만다행이었던
것은 내가 원래 숫자에 약해서 계좌번호
끝자리를 항상 헷갈리는 관계로 이번에도
마지막 세 자리 숫자를 마구 뒤섞어서
되는대로 떠올리다가 계속 계좌 인증 오류가
났다는 사실이었다. 게다가 비밀번호는 아예
생각도 안 나는 게 매우 나다운 전개였다.
이런저런 오류가 계속 터지고 가상현실의
인공 딜러가 베팅하라고 아무 감정 없는

인위적이고 상냥한 어조로 같은 말을 수십
번 되풀이하는 사이, 나는 가까스로 가상
화면의 어긋난 틈을 찾아내어 가상 도박장을
탈출하고 두뇌연결을 해제할 수 있었다.
악몽을 꾼 기분이었다.

깨어나자마자 나는 은행 잔고부터
확인해보았다. 다행히 변변찮은 잔고에
이상은 없었지만 그 후 며칠, 사실 몇 주 동안
내가 개인 정보를 어디까지 그 가상 딜러에게
불어버린 걸까, 설마 내 이름으로 사채 빚을
내거나 (은행 대출은 불가능하다) 신용카드를
발급받거나 (이건 될지도 모른다) 대포폰
개통이나 (매우 가능성 있다) 자동차 할부 같은
걸 (해본 적 없어서 모르지만 질 나쁜 방향이면
될지도 모른다) 이 범죄자 일당들이 마구
저지르고 다니는 건 아닌지 불안에 떨어야
했다.

관리회사에 또 전화했다. 내 전화를 받은 직원은 '뉴로피싱(neurophising)', 즉 신경망 침입형 개인 정보 탈취는 신종 범죄이므로 경찰에 신고하라고 했다.

"정말로 뉴로피싱이 맞아요? 제가 무슨 광고를 잘못 누른 게 아니고요?"

"브레인 익스피리언스 데이터 매핑을 위한 뉴로트랜스미터 업로드 시스템에는 광고가 들어가지 않습니다……. 바로 이런 종류의 보안 문제가 생길 수 있으니까요……. 잠시만 기다리세요……."

추측한 대로였다. 그래서 나는 기다렸다.

"접속로그상으로는 외부에서 침입한 흔적이 없네요……."

한참이나 침묵 속에 나를 기다리게 한 끝에 직원이 기운 없는 목소리로 말했다. 기다리는 동안 듣기 싫은 음악을 강제로 반복

청취할 필요가 없었던 건 그나마 좋았다고
나는 생각했다.

"신경망 피싱은 주로 두뇌연결 신호를
전달하는 전산망을 물리적으로 가로채는
방식으로 일어나거든요……. 그러니까 이
기계학습센터 안에 입주자님이 목격하신
가상현실 불법도박장을 돌리는 서버가 있는
것 같습니다……."

직원이 축 처진 어조였지만 그래도
상세하게 설명했다.

"그럼 와서 잡으시면 되지 않나요?"

내가 비전문가답게 물었다.

"말씀드렸듯이 뉴로피싱은
범죄라서요……. 범죄자 검거, 불법행위 적발은
경찰 업무이며 저희들은 민간 회사라서 그런
권한이 없습니다……."

"그러면 경찰에 신고해주시면 안 되나요?

여기 서버나 연결망은 다 회사 소유물인데 지금 범죄자한테 탈취당하신 거잖아요."

내 말이 설득력이 있었는지 직원이 다시 그 축 처진 어조로 답했다.

"잠시만 기다리세요……."

그래서 나는 또 기다렸다.

내가 경찰에 신고할 수는 없었다.

하지만 그렇다고 업로드를 할 때마다 계속해서 누군지 모르는 놈들이 원하는 대로 계좌번호와 개인 정보를 턱턱 내놓을 수도 없는 노릇이었다.

"입주자님, 여보세요……?"

기운 없는 직원이 나를 불렀다.

"예."

"인근 지역에 지구대가 없어 관할 경찰서에서 출동해야 되는데요……. 지금 출동해도 센터에 도착할 때까지 적어도

네다섯 시간은 걸린다고 합니다……. 인원이
확보되는 대로 관할 경찰서에서 순찰을
해보겠다고 합니다…….”

“회사에서 와주실 수는 없나요?”

경찰이 오지 않는다는 말에 내가 안도의
한숨을 감추려 애쓰며 물었다. 기운 없는
직원이 기계적으로 대답했다.

“본사 기술지원팀으로 문의
이관하구요……. 저희도 지원팀 인력 확보되는
대로 현장 점검 실시하겠습니다…….”

그래서 아무도 안 온다는 얘기인 건
이해했지만 그래도 혹시 몰라서 물어보았다.

“그게 언제쯤인지 알 수 있을까요?”

“그건 내일 지원팀 업무 개시 후에 상황
파악하고 말씀드리겠습니다. 입주자님……
요즘 이런 신경망 피싱이 적지 않아서…….
지원팀이 다른 센터에도 지금 계속 나가서

모니터링하고 있거든요……."

직원의 목소리에서 갈수록 기운이 빠졌다.
퇴근 시간이 가까워지는 것이다. 그래서 나는
감사 인사를 하고 전화를 끊었다.

끊고 나서 나는 관할 경찰서에 대한
직원의 말을 천천히 다시 곱씹었다. 자동차로
네다섯 시간 반경 안에 지구대가 없다면
이 기계학습센터와 인근 지역 일대까지
실질적으로 무법 지대라는 뜻이었다. 지금
내가 누워 있는 이 기숙사를 한때 운영했던
지역 대학교가 문을 닫고, 학생과 교수,
직원과 그 가족들에게 의존하던 식당과
상점들이 뒤따라 문을 닫고, 자영업자와
그들이 고용했던 직원들이 떠나고, 결국
대학교와 상관없이 원래 뿌리박고 농사를
짓던 사람들만 남았고, 고령화가 진행되면서
외따로 떨어져 있던 고립된 마을들도 하나씩

사라졌을 것이다. 그리고 이제 이 산속, 이 건물 안에 누워 있는 우리들만 남은 것이다. 신경망 피싱 범죄자들도 이 사실을 알고 있으니까 두뇌 업로드 프로젝트가 시작되고 고작 며칠 만에 범죄 작업을 시작했을 것이다.

여기까지 생각하니 소름이 끼쳤다. 공짜로 재워준다고 했을 때 의심했어야 했는데, 대체 뭘 믿고 이 산속까지 홀랑홀랑 기어 들어왔을까. 나는 후회했다.

그러나 달리 방법이 없었다. 무슨 생각으로 여기까지 들어왔는지 나는 슬프게도 아주 잘 기억하고 있었다. 그때나 지금이나, 나에겐 달리 갈 곳이 없었다.

예상대로 다음 날 관리회사도 경찰도 나타나지 않았고, 업로드 도중에 이번에는 음란 화면이 튀어나왔다. 다행인지 불행인지 화면 속에서 의복을 심히 갖추어 입지 않은 사람들이 아무리 봐도 불가능한 각도로 애쓰고 있었기 때문에 이번에는 전날보다 빨리 어긋난 틈을 찾아낼 수 있었다. 서둘러 연결을 해제하고 일어나니 등줄기에 진땀이 흘렀다.

의식 업로드는 나의 기억, 생각, 경험을 모두 디지털화해서 서버에 전송하는 과정이다. 나의 기억과 경험 안에는 내가 이제까지 살면서 만난 사람들과 함께 당연히 나 자신의 모습도 각인되어 있다. 그러므로 신경망 피싱 범죄자들이 내 모습, 감각, 경험을 탈취하면 그 뒤로는 내가 현실에서 하지도 않은 음란 행위를 내 기억 속의 아는 사람과 저지르는 영상을 내가 실제 기억하는 신체 부위와 내 표정과 감각적, 정서적 반응을 활용해서 아주 사실적으로 만들어

여러 가지 범죄에 활용할 수도 있는 것이다. 물론 방금 본 가상현실의 가상 음란 장면은 중요한 각도가 묘하게 안 맞아서 범죄자들이 그렇게까지 현실적으로 만드는 재주는 없다고 상정할 수 있었지만 그래도 사람 일이란 모르는 법이었다.

　회사 지원팀은 시간이 지나도 연락이 없었고 나의 불안감은 커져만 갔다. 언제 어떻게 또 의식을 탈취당할지 모르는데, 가장 큰 문제는 어찌 됐든 하루 여덟 시간 업로드 분량을 채워야 한다는 사실이었다. 두 번 이상 분량을 채우지 못하면 사유서를 쓰고 심의를 받아야 한다. 사유가 인정되지 않은 채로 세 번째 의식 미탑재를 저지르면 입주 자격이 정지된다. 입주 자격이 정지되면 당장 이곳을 나가야만 했다. 쫓겨나고 나서 석 달 안에 정당한 사유가 있었다는 사실을 입증하지 못하면 다시 돌아올 수 없을 뿐 아니라 향후 5년간 정부 프로젝트 지원 자격이 제한된다.

불법도박 가상현실에 처음 끌려들어간 날에 나는 놀라서 연결을 해제하고 엉겁결에 가상현실에서 뛰쳐나와 남은 업무 시간을 회사에 전화하는 데 허비한 뒤에 아무 성과도 거두지 못하고 다시 두뇌연결해서 업로드를 할 기운도 남지 않아서 그날은 그냥 잤다. 그러니까 이미 한 번 미탑재 기록이 남은 것이다. 지금 관리회사나 경찰이 움직이는 (혹은 움직이지 않는) 속도로 보아 내가 세 번 미탑재를 저질러 쫓겨나기라도 하면 신경망 피싱 때문에 피해를 입었다는 증거나 기록을 석 달 안에 발급해줄 것 같지 않았다. 대체 그런 기록이 있긴 있는지, 기록이 있으면 회사 측에 요청할 수 있는지, 아니면 나 혼자 모든 피해를 옴팡지게 떠안아야 하는지,

이제까지의 세상 경험으로 미루어볼 때 아마
모든 손해를 나만 홀랑 다 떠안는 방향으로
돌아가겠지만 그래도 회사에 전화는 한번
해봐야겠다고 생각하며 나는 침대에 다시
누웠다. 겁이 나서 마음 같아서는 다시는
두뇌연결을 하고 싶지 않았지만 그날 분량을
채우지 못했으니 다시 들어가는 수밖에
없었다. 다행히 그날 두 번째 연결했을
때는 더 이상 불법적인 가상현실에 의식을
탈취당하지 않았다.

　이후로 엉뚱한 가상현실에 끌려들어가면
나는 두뇌연결을 해제했다가 다시 접속했다.
'전자기기는 껐다 켜면 문제가 해결된다'는
20세기식 방법이 여전히 유효하여 연결을
해제했다가 재접속하면 대부분의 신경망
탈취 시도를 떨쳐낼 수 있었다. 그러나
불법적인 가상현실이 튀어나오는 것 자체를

막을 방법을 모른다는 점에서 연결 해제와
재접속은 임시방편이었다. 무엇보다도 체력
소모가 심했다. 두뇌 연결을 해제했다가
다시 접속하면 업로드가 끝나고 나서 두통이
몰려오고 타는 듯이 목이 마른데 몸은 너무
피곤해서 일어나서 물을 마시거나 약을 먹을
기운조차 남지 않았다. 매일같이 그렇게
해제와 재접속을 반복하니 잠을 자도 피로가
풀리지 않고 나는 녹초가 되었다.

"아파요?"

일주일 만에 찾아온 요가 선생님이
물었다.

"병나요?"

그래서 나는 상황을 설명했다. 원래
직업이 엔지니어였다고 하니 어쩌면 이번에도
요가 선생님이 뭔가 근본적인 해결책을 알고

있을지도 몰랐다.

'뉴로피싱'이라는 말에 요가 선생님은
고개를 갸웃했다.

"어려워요?"

내가 물었다. 요가 선생님이 심각한
표정으로 고개를 끄덕였다. 신경망 탈취가
무엇인지 내가 다시 설명하려고 하자 요가
선생님이 내 말을 막았다.

"아, 뉴로피싱 알아요. 그런데 솔루션
어려워요. 케이블 다 찾아서 도둑놈 잘라내요.
그런데 저 권한 없어요."

나는 낙담했다. 내 표정을 보고 요가
선생님이 말했다.

"잠시만요."

그리고 요가 선생님은 두뇌연결기에서
헬멧에 꽂는 케이블을 끌어서 연결선을
이어 자기 핸드폰에 꽂더니 화면 위에서

손가락을 빠르게 움직이기 시작했다. 잠시
후에 요가 선생님이 핸드폰을 빼고 케이블을
다시 헬멧에 꽂더니 헬멧을 나에게 건네주며
말했다.

"이거 잠깐, 아주, 한동안, 막아줘요.
결국은 회사가 케이블 다 찾아서 도둑놈
잘라내야 돼요."

"고마워요."

내가 말했다. 진심으로 감사했다. 요가
선생님은 고개를 끄덕이고 다시 서둘러
카메라를 설치했다. 나는 헬멧을 쓰고
두뇌연결을 가동했다.

요가 선생님이 의식 없는 내 몸을
움직이면 그렇게 피부와 근육과 관절에서
두뇌로 전해지는 감각도 모두 실시간으로
인공지능 데이터 서버에 업로드되었다.
기억 경험보다 실시간 경험이 더 정확하고

정밀하기 때문에 이런 운동 서비스를
신청해서 입주자가 자기 감각 정보를
업로드하면 정부가 그에 대해 추가로
지원금을 지급했다. 그러니까 운동 서비스
추가 신청 안내문(이라기보다 광고)에 적힌
"신경세포 하나하나가 모두 돈이 된다!"는
문구는 상당히 사실에 가까웠다. 여기에
더하여 요가 선생님이 내 몸을 구부리고 펴고
움직이는 영상도 인공지능 학습데이터는
물론 시각 콘텐츠 제작에 활용되었다. 이런
감각 정보와 콘텐츠 정보를 팔아서 지원금을
받으니까 나 같은 사람이 일대일로 개인
관리를 해주는 요가 선생님을 감히 일주일에
한 시간이나마 고용할 수 있는 것이다. 요가는
동작이 느린 편이라 감각 정보도 움직임
영상도 분석하기 쉬워서 지원금이 많았으므로
입주자 부담금이 싼 편이었다.

업로드를 마치고 눈을 떴을 때 요가 선생님은 이미 가버렸고 한 뼘짜리 창문 밖에서는 또다시 저녁 해가 분홍색과 붉은색 햇살을 뿌리며 저물고 있었다. 나는 누운 채로 천장에 노르스름한 띠처럼 비쳐 들어오는 햇빛을 바라보았다. 요가 선생님이 사이버 방어막을 만들어준 덕분인지 범죄자들이 만들어놓은 가상현실에 의식을 탈취당하지도 않았고, 그래서 두뇌연결을 해제하고 재접속할 필요도 없었다. 게다가 요가 선생님이 운동까지 시켜줘서인지 오랜만에 업로드를 마쳤는데도 머리도 아프지 않고 몸도 마음도 지치지 않았다.

그래서 나는 모처럼 마당에 나가보았다. 주차장에서 누군가 말다툼을 하고 있었다. 요가 선생님과 915호였다. 내가 나갔을 때 요가 선생님은 915호를 밀어내다시피 하고

조그맣고 낡은 하얀 차에 타더니 차 문을 쾅
닫고 서둘러 떠나버렸다.

나는 놀랐다. 요가 선생님 차가 있었나?
물론 중고차는 어디에나 널렸고 싼값에 쉽게
구할 수 있었다. 문제는 연료도 배터리도
엄청나게 비싸다는 사실이었다. 회사에서
유지비를 지원해주는 걸까?

"시간 단위, 분 단위로 노가다 하는 주제에
건방져가지고 어디서 플랫폼 따위가……."

915호가 요가 선생님이 타고 사라지는
자동차 뒤꽁무니에 대고 몹시 화난 어조로
소리치고 있었다.

"무슨 일입니까?"

내가 물었다.

"플랫폼이요?"

"저런 외국인 노동자들 다 여기저기
플랫폼에 개인 정보 팔아가면서 하루에 열 탕,

스무 탕 뛰어서 간신히 밥 벌어먹고 살잖아요. 남의 발 주물러서 먹고사는 주제에 차 있으면 자기가 뭐나 되는 줄 아는 모양인데 회사에 신고할 거예요."

그리고 915호는 정말로 전화기를 꺼내 들었다.

"요가 서비스 하는 아니타 선생님이 고객에게 본명도 안 가르쳐주고 연락처도 안 알려주면서 입주자의 알권리를 무시하고 있습니다. 서비스 후에 차를 태워달라고 했는데 계속 거부하면서 입주자의 이동할 권리를 탄압하고 있습니다. 제가 여기 입주민인데 외국인 요가 선생님에게 이렇게 인종차별을 당하는 건 부당합니다. 회사 차원에서 즉각 징계가 필요한 사안입니다. 엄중한 처벌 부탁드립니다."

이쯤에서 나는 무슨 일인지 묻지 말 걸,

아니 애초에 마당으로 나오지 말 걸 그랬다고
마음속 깊이 후회하고 있었다. 915호가
통화를 마치기 전에 대충 눈으로만 인사하고
도로 들어가려고 했는데 915호는 자기 할
말만 하고 내 예상보다 빨리 전화를 끊더니
이렇게 말했다.

"사실 돈이 없어서 차를 못 사는 게
아니에요. 저는 네덜란드하고 비즈니스를
하거든요."

산골짜기 주차장에서 이런 난데없는
발언을 맞닥뜨리고 나는 당황해서 대답할
말을 찾지 못했다. 915호도 사실 대답을
바라는 것 같지는 않았다.

"얼마 전에는 뮌헨까지 날아갔다 왔구요.
역시 현지 언어로 커뮤니케이션을 해야 서로
이해도 빠르고 여러 조건들이 무리 없이
네고시에이션 되더라구요."

네덜란드가 뮌헨에 있었던가?

혼란스러워졌기 때문에 나는 대충 대답했다.

"아, 네……."

그때 주차장으로 올라오는 언덕길에
사람의 형체가 나타났다.

"아, 915호 사장님! 일 끝나셨어요?"

언덕을 올라온 사람이 살갑게 인사했다.
'사장님'이라는 말을 듣자 915호의 얼굴빛이
갑자기 환하게 밝아졌다. 이미 사방은
어둑어둑해지고 있었지만 그 표변은 선명하게
보였다.

"아! 안녕하세요?"

915호는 더없이 해맑게 웃으며 주차장
언덕길을 올라온 사람에게 상냥하게 답했다.

"지금 오시는 거예요?"

"네, 일 끝났으니까 이제부터 들어가서
업로드하고 한잠 자야죠."

누군지 모를 사람은 915호에게 다정하게 인사하고 나에게도 고개만 살짝 숙여 보인 뒤에 건물 안으로 사라졌다.

"참 좋은 분이에요. 제 옆방인데 낮에는 일하고 밤에만 올라와서 업로드하나 봐요."

915호가 요가 선생님에게 화낼 때와는 딴판으로 함박웃음을 지으며 말했다. 그리고 나에게 다정하게 물었다.

"그런데 전화번호가 어떻게 되세요? 연락처 교환하고 친하게 지내요, 우리."

말하면서 915호는 나에게 얼굴을 바싹 들이대고 생글생글 웃었다.

이 사람하고는 아무것도 교환하고 싶지 않다. 나는 반사적으로 한 걸음 물러났다.

"아, 저 일이 바빠서⋯⋯."

"네?"

"저도 '플랫폼'이라서 두 탕 뛰어야

되거든요."

이렇게 대답하고 나는 여전히 무슨
말인지 못 알아듣는 표정인 915호를 주차장에
남겨두고 서둘러 방으로 돌아와버렸다.

명절이 지나면서 또라이의 상태는
극적으로 악화되었다.

우리 같은 사람에게 명절은 별 의미가
없다. 연휴는 오히려 힘든 기간이었다. 연휴
동안 모든 서비스가 중단되었다. 하루에 세 번
지정된 시간에 배달 오던 음식은 연휴 전에
한꺼번에 배송되었다. 좁은 방 안에 음식물을
저장할 곳이 없어서 나는 창문 앞의 사용하지
않는 온풍기 위에 배달 용기를 쌓아놓았다.
연휴에는 운동 서비스도 없다. 매일 저녁마다
마당에 나타나던 버스도 다니지 않았다.
관리회사도 연휴 중 휴무이므로 민원이

있으면 연휴 전에 해결하든지 아니면 연휴 끝날 때까지 기다리라는 공지 문자를 몇 번이나 보내왔다.

명절 당일 하루만 여덟 시간 업로드 최소 요건이 면제되었다. 나는 연휴가 시작되기 전에 관리회사에 전화해서 이전에 업로드 시간을 채우지 못한 경우 명절 당일에 업로드하면 시간을 채운 것으로 인정받을 수 있는지 물어보았다. 기운 없는 관리직원은 그렇게 처리해주겠다고 말했다.

명절 당일에 915호가 왠지 내 방에 들어오려고 했다. 물론 나는 열어주지 않았다. 업로드를 마치고 깨어났을 때는 이미 해도 저물고 어둡고 사방이 조용했다. 갑자기 복도에서 누군가 막무가내로 문고리를 잡아당겼기 때문에 나는 현관문에 난 외시경으로 밖을 내다보았다. 마스크와

모자로 얼굴을 가린 모르는 사람이 바깥에 서 있었다. 당연히 문이 열릴 거라고 생각하는 듯 문고리를 잡아당기다가 열리지 않으니까 이번에는 문을 두드리기 시작했다.

"여보세요? 여보세요! 문 열어주세요!"

그 목소리를 듣고 나는 강도라고 생각했던 사람이 915호라는 사실을 깨달았다.

"여보세요! 안에 있죠?"

나는 발소리를 죽여 침대로 가서 머리맡에 두었던 전화기를 집어 알림 소리를 무음으로 설정했다. 915호에게 전화번호를 가르쳐주지는 않았다. 그러나 하필 이런 순간에 만에 하나 어디서든 전화가 오면 정말로 무서운 일이 벌어질 것만 같았다.

915호는 끈질기게 문을 두드리고 문고리를 잡아당겼다. 연휴에 건물 안에 사람이 몇 명이나 남아 있는지 나는 알지

못했다. 이 건물에, 아니 이 지역 전체에 나와
저 미치광이 단둘만 남아 있을지도 모를
일이었다. 가장 가까운 경찰서는 자동차로
적어도 네 시간 거리에 있다. 나에게 무슨
일이 생겨도 도와줄 사람은커녕 내가 지금
여기에 존재한다는 걸 아는 사람조차 아무도
없었다.

"이상하다. 안에 있을 텐데……."

915호는 마침내 포기하고 이렇게
중얼거렸다. 그러고도 계속 서성거리다가
드디어 915호는 떠났다. 발소리가 멀어지고
복도가 조용해진 뒤에도 나는 전화기를
움켜쥔 채 문가에 그대로 서서 바깥의 침묵에
귀를 기울였다. 내가 안에 있다는 사실을
915호가 어떻게 알았는지 이상하게 여기기
시작한 것은 한참이 지나서 숨을 제대로 쉴 수
있게 된 다음이었다.

연휴가 끝난 바로 다음 날 나는 주차장에서 915호와 마주쳤다. 왠지 마주칠 것 같아서 나가고 싶지 않았지만 연휴 내내 냄새를 풍기던 음식물 용기와 쓰레기를 어떻게든 내놓아야 했다. 연휴 끝나기 전 사람이 없을 만한 때에 얼른 내놓을까 생각도 해봤지만 그러다가 정말로 건물에 아무도 없을 때 915호와 마주치면 너무 무서울 것 같았다.

쓰레기를 내놓고 돌아서는데 기다렸다는 듯 915호가 거기 서 있었다. 특유의 그 생글생글 웃는 가식적인 표정으로 나에게 뭔가 말을 걸려고 했다. 나는 무시하고 빨리빨리 걸어서 915호를 지나쳐 방으로 돌아왔다. 뒤에서 915호가 뭔가 소리치는 것 같았지만 듣지 않았다.

연휴가 끝나고 일주일쯤 지났을 때 두뇌연결을 한 상태에서 나는 다시 신경망 피싱에 무의식을 탈취당했다. 이번에는 상황이 매우 심각했다. 처음에는 뭐가 잘못됐는지 알아채지도 못했다. 이상하다고 생각했을 때는 이미 뇌 안쪽으로 뭔가 스며들기 시작했다. 얇은 종이에 물감이 배어들듯 불길하고 사악한 어떤 것이 머릿속에 차근차근, 한 톨씩, 한 방울씩 스미는 것을 느낄 수 있었다. 그와 함께 모든 감각이 일그러지기 시작했다. 업로드 체계 안의 가상현실 화면도, 헬멧을 쓰고 있으면 가상현실 안에서도 계속 들리는 전기 돌아가는 소리도, 업로드 체계 안에서만 느껴지는 독특하게 가벼운 듯한 감각도 모두 검고 무겁고 역겹고 괴상하게 일그러졌다. 평소처럼 어긋난 틈을 찾을 수가 없었다. 눈에

보이는 세상 전체가 다 일그러져 있는 데다 곧
그 무너진 시야마저 흐려지기 시작했다. 나는
정신을 잃었다.

　깨어났을 때 나는 머리만 침대 아래
바닥에 처박힌 채 양발은 여전히 침대 위에
있는 이상한 자세였다. 침대에서 떨어지면서
헬멧이 반쯤 벗겨져서 연결 상태가 강제로
해제된 것 같았다. 헬멧이 돌아가서 눌린
뒷목부터 아래턱, 광대뼈, 관자놀이까지
깨질 듯이 아팠다. 아직도 눈앞이 흐릿하고
팔다리가 무겁고 목을 가누기 힘들고 입안에
그 설명할 수 없이 역겹고 고약한 쓴맛이
느껴졌다. 복도 끝 화장실까지 달려갈 기운이
없어서 나는 그대로 바닥에 토했다. 눈도 귀도
머리도 터질 듯이 아팠다. 이대로 죽는 건가
싶었다. 나는 토사물을 피해서 그 옆의 바닥에
누웠다. 방은 아주 좁았고 나의 고통을 피해

달아날 곳은 없었다.

　　조금 정신이 돌아온 다음에 나는
일어나서 토사물을 치우고 화장실에 가
수도꼭지에서 찬물을 받아 마시고 방으로
돌아와서 한밤중이었지만 관리회사의
긴급번호로 전화를 걸었다. 이것은 긴급한
사안이었기 때문이다. 전화를 받은 사람은
이전의 기운 없는 직원이 아닌 다른
사람이었다. 긴급번호 담당 직원은 전혀
긴급하지 않은 목소리로 차분하게 대답했다.

　　"가상 마약에 의식을 오염당하신 것
같습니다."

　　"가상 마약요?"

　　나는 덜컥 겁이 났다. 담당 직원이
설명했다.

　　"뉴로피싱은 뇌 신경망에 연결되기
때문에 뇌에 마치 마약을 한 것처럼 느끼게

하는 효과를 줄 수도 있습니다."

"그러면 어떡해야 돼요?"

나는 불안했다. 담당 직원은 전혀
동요하지 않았다.

"가상 마약은 일반적으로 실제 마약만큼
중독성이 높은데 입주자님은 구토와 두통 등
부작용을 겪으셨다고 하니 일단 중독은 아닌
것 같습니다. 저희 기술지원팀에 연락해서
모니터링하겠습니다."

그러니까 내가 안 죽었으니 상관하지
않겠다는 얘기다. 나는 좀 강하게 얘기할
필요성을 느꼈다.

"지금 여기 입주하고 나서 신경망
피싱으로 불법 도박에 음란 사이트에 이제는
가상 마약에 중독까지 될 뻔했어요. 지원팀이
오셔서 불법 서버가 어디 있는지 찾으셔야
하는 거 아닌가요?"

"최근에 이런 신경망 피싱 시도가 자주 일어나서 저희 지원팀이 지금 다른 센터에 나가서 모니터링 중입니다. 내일 지원팀 업무 개시하면 문의 전달하겠습니다."

결국 안 온다는 얘기다. 나는 전화를 끊었다.

'가상 마약도 실제 마약만큼 중독성이 높다.'

직원의 말이 불안하게 머릿속에서 빙빙 돌았다.

'그렇지만 토하고 아팠으니까 중독은 아닐 거야.'

나는 직원이 이어서 했던 말로 스스로를 달랬다.

중독이 어떤 느낌인지 나는 알고 있었다. 아주 잘 알고 있었다.

시간은 흘러가고 사라지는 것처럼 보인다.

그러나 과거는 절대로 사람을 떠나지
않는다.

나는 침대에 앉아 양팔로 머리를 감쌌다.
과거의 시간 속에서도 지금 이곳에서처럼,
나는 언제나 혼자였다.

다음 날은 요가 선생님이 오는 날이었다.
나는 요가 선생님에게 가상 마약 사건을
하소연했다. 요가 선생님은 이전처럼
헬멧에서 케이블을 끄집어내 연결기를 꽂고
핸드폰을 연결하더니 손가락을 빠르게
움직이기 시작했다.

"어려워요?"

내가 물었다. 요가 선생님이 심각한
얼굴로 고개를 끄덕였다.

"헬멧, 여기 머신, 클린해요. 케이블
찾아내야 되는데……."

요가 선생님에게는 권한이 없다. 나는
체념하고 고개를 끄덕였다.

누군가 문을 두드렸다. 거칠고 시끄러운
소리였다. 요가 선생님이 깜짝 놀랐다.

나는 일어나서 문을 열었다. 관리회사
기술지원팀이 드디어 온 것이라고 생각했다.
아주 간절하게 그렇게 믿고 싶었던 것 같다.
915호 또라이가 방 안으로 뛰어 들어왔다.

"뭐예요?"

내가 소리쳤다. 요가 선생님이 벌떡
일어나서 창 쪽으로 피했다. 좁은 방 안에
사실 피할 곳은 없었다.

"나가요!"

"입주 요구 조건은 부당해요! 이런 요구
조건은 헌법에 보장된 시민의 행복할 권리를
침해해요! 융합창조기술과학부가 나를
탄압하고 있어요! 이건 차별이에요!"

915호가 째지는 소리로 외쳤다. 내가 다시 한번 소리쳤다.

"나가세요!"

"이웃들은 입주민으로서 나의 안전을 보호할 의무가 있어요! 부당한 요구에 따르라고 강요하는 건 나에게 커다란 정신적 트라우마를 남기는 짓이에요! 난 탄압당하고 있다고요! 업로드를 하루에 여덟 시간씩이나 하지 않았다고 이렇게 폭력적으로 억압하는 건 분명히 차별이에요!"

"나가시라고요!"

내가 고함질렀다. 힘으로 밀어내려고 하자 915호는 나를 붙들고 늘어졌다.

"저 사람이 도와주지 않으니까 내가 여덟 시간 업로드 요건을 채울 수가 없잖아요! 저 사람이 내가 일을 못 하게 방해했어요! 회사에 애기했는데도 아무 조치도 없고! 저 외국인이

나를 역차별하니까 내가 탄압받는 거예요!"

915호는 요가 선생님을 가리키며 악을
썼다. 요가 선생님은 창문에 등을 바짝
붙이고 서 있었다. 오로지 한 걸음이라도 더
915호에게서 멀어지고 싶은 것 같았다.

915호는 나를 밀치고 방 안으로 달려
들어와서 요가 선생님에게 덤벼들려 했고
나는 915호를 복도로 밀어내려 했다.
몸싸움을 거듭하던 끝에 마침내 경비직원들이
나타났다. 경찰복이 아니라 처음 보는
상표를 가슴에 단 방탄조끼 같은 걸 입고
있었기 때문에 관리회사가 고용한 외주 용역
경비회사 직원들이라는 사실을 알 수 있었다.
915호는 그 사실을 이해하지 못한 것 같았다.

"저 사람이에요! 저 외국인 체포해요!"

915호는 경비직원들에게 요가 선생님을
가리키며 예의 그 째지는 소리로 외쳤다.

"저 사람 때문에 내가 일을 못 했어요! 저 사람 나를 차별해요!"

"915호 입주자님 맞으십니까?"

경비회사 직원이 엄격한 어조로 물었다. 이어서 915호의 본명을 말했다. 어울리지 않게 상당히 화려한 이름이었다.

"입주 유지 조건 3회 미충족, 사유서 미제출, 증빙서류 미제출로 인해 입주 규정 제54호 8항에 의거하여 퇴거 조치합니다. 불응하실 시 강제퇴거 조치하겠습니다."

나는 요가 선생님과 함께 915호가 자기 방이 아니라 어째서인지 내 방에서 강제퇴거당하는 장면을 지켜보았다. 비명을 지르며 끌려 나가는 915호는 무기도 도구도 없는 맨손에 몸집도 별로 크지 않았다. 915호가 만만치 않은 또라이인 건 사실이지만 이런 사람 한 명을 데리고 나가려고 경비회사

용역 직원들은 방탄조끼까지 떨쳐입고 저렇게 떼를 지어 나타나야만 했을까. 나는 이 건물 안에서 실제로 범죄가 일어날 때는 아무도 신경 쓰지 않다가 입주민 한 사람이 업로드를 놓쳤다고 이 많은 직원들이 몰려와서 소란을 일으키는 상황에 대해 생각했다. 여기 입주해서 몇 달 동안 업로드 요건을 충족하지 못해 누군가 이렇게 글자 그대로 끌려 나가는 광경을 목격한 것은 이번이 처음이라는 사실도 떠올렸다. 물론 나는 915호를 좋아하지 않았고 915호가 내 방에서 끌려 나가 이제는 아마도 내 생활에서 완전히 사라질 것이라는 사실만은 매우 기뻤다.

그것이 나의 착각이었다. 915호는 내 삶에서 사라지려 하지 않았다.

한 달이 지나서 915호에 대해 완전히

잊어버렸을 때쯤 관리회사에서 전화가 오기 시작했다. 내가 다른 입주민의 업로드 작업을 방해하고 있다는 것이었다. 특히 915호 전 입주민이 내가 자신의 업로드를 방해해서 입주 요건을 충족할 수 없었다고 몇 번이나 민원을 넣었다며 관리회사 직원은 곤란한 듯 말했다.

"전 9층에 간 적이 없어요. CCTV 돌려 보세요."

내가 간단하게 대답했다.

"네, 이미 돌려 봤습니다만 민원이 들어오면 저희도 규정대로 대응을 해야 해서…… 죄송합니다."

전화한 사람은 이전에 통화했던 사람들과는 또 다른 새로운 직원이었다. 담당자는 무척 미안해했다. 범죄 신고를 했을 때는 지원팀이 어쩌고 하면서 코빼기도 비치지 않다가 다른 입주민에 대한 무고성 민원에는 득달같이 전화해서 괴롭히는 건 무슨 태도냐고 따지려다가 나는 그만두었다. 이 직원은 이전에 내가 상담한 내용을 모른다. 그냥 규정대로 자기 일을 하고 있을 뿐이었다.

"915호 전 입주자님이 민원 제기하신 내용이 좀 많아서요……. 503호 입주자분이 915호 전 입주자님을 폭력적으로 방에서 쫓아냈다, 폭행 및 상해를 입혔다고 고소하신다는 민원도 제기하셨는데요. 그러니까 915호에 가신 사실이 없다는 거죠?"

관리회사는 왜 현재 입주자인 내 민원은 들어주지 않으면서 이미 쫓겨난 입주자의 민원에는 열심히 대응하는지 나는 다시 따지고 싶은 마음이 무럭무럭 솟아올랐다. 그러나 그 민원도 무시당할 것 같아서 나는 빨리 대답하고 대충 전화를 끊었다.

그리고 며칠 뒤, 이번에는 경찰에서
전화가 왔다. 나는 많이 놀랐고 몹시
긴장했다. 그러나 나에게 전화한 경찰은
드디어 불법 신경망 탈취 범죄를 수사하고
있으니 참고인 조사에 응해주겠냐고 물었다.
나는 경찰서까지 이동할 수단이 없어서 직접
가기 힘들다고 대답했다. 경찰은 차후에
전화로 상세히 조사하겠다고 하고 끊었다.

경찰. 수사. 폭행과 상해. 고소. 경찰. 수사.
참고인 조사. 반갑지 않은 단어들이 계속
머릿속에 남아 기억을 헤집었다. 과거의 여러
일들이 파도처럼 솟아오르고 빗물처럼 흘러
떨어지며 시시때때로 나를 다시 찾아와 마음
밑바닥을 깨뜨렸다. 깨진 구멍 속으로 생각과
감정들이 줄줄 흘렀다. 피곤하고 어지럽고
머리가 아팠다. 무슨 일이든 정신을 집중하기
힘들었다. 요가 선생님이 다시 나에게 어디

아프냐고 물었다. 나는 그저 고개만 저었다.

　　새해를 맞이하기 얼마 전에 관리회사는
현 입주자들에 대한 정부 지원 프로그램이
6개월 뒤 종료된다고 안내했다. 예상보다
업로드 작업이 빨리 진행되는 것인지 아니면
우리 같은 사람들이 업로드한 팍팍한 삶의
내용이 정부 관료들 마음에 들지 않은 것인지,
자세한 설명은 해주지 않았다. 하여간 반년
뒤에는 나가라는 얘기였다. 누워 자면서
돈 벌던 곳에서 나가야 한다는 사실은
섭섭했지만 6개월이면 시일은 촉박하지
않다고 그때는 생각했다. 물론 그것은 나의
착각이었다. 6개월은 순식간에 지나갔다.
퇴거일이 눈앞에 닥쳤을 때도 나는 여전히
갈 곳을 결정하지 못한 채로 좁다란 직사각형
방 안에 남아 있었다. 요가 선생님만은 이제

몇 명 남지 않은 입주민들을 위해서 끝까지 정해진 요일마다 어김없이 찾아왔다.

그리고 마지막 날 915호가 다시 나타났다.

정확히 말하면 915호는 내가 아니라 요가 선생님을 찾아왔다. 아침에 요가 선생님이 다녀가고, 마지막 업로드를 마치고, 저녁에 깨어나 한 뼘짜리 창문 안으로 비쳐드는 불그스름한 분홍색 노을을 바라보며 이제 저 광경도 마지막이라는 감상에 젖어 있을 때 바깥에서 시끄러운 소리가 들렸다. 마지막이기 때문에 나는 나가보았다. 주차장에서 차에 타려는 요가 선생님을 915호가 붙잡고 있었다. 915호는 몸부림치며 전에 들었던 그 째지는 소리로 고함쳤다.

"네가 신고했지! 내 돈이 다 있는데 네가 스토킹하고 염탐했잖아! 너 때문에 돈이……"

요가 선생님은 어떻게든 자기를 붙잡은 915호를 때리거나 뿌리치지 않고 그저 피하려고만 하는 것이 분명했다. 그럴수록 915호는 더욱 끈질기게 달라붙어 요가 선생님의 머리채를 잡으려고 양손을 휘저으며 비논리적인 주장을 외쳐댔다.

"네가 신고해서 나를 쫓아내고, 돈도 못 찾고 너 때문에⋯⋯!"

나는 주위를 둘러보았다. 주차장에는 요가 선생님과 915호, 그리고 지켜보는 나 말고 아무도 없었다. 분명히 건물 안에 마지막까지 나가지 않은 입주자들이 몇 명 남아 있었지만 아무도 나오려 하지 않았다.

나는 건물을 올려다보았다. 창문은 거의 대부분 나무 판자로 아무렇게나 막혀 있었다. CCTV는 전부 건물 안에 있었다. 주차장에는 조명등이 두 개 있고 그 기둥에 감시 카메라가

설치되어 있었는데 조명등은 깨졌고 카메라는
전선이 끊어져 너덜거리고 있었다. 입주민
중에 차를 가진 사람이 없고 이 주변은 산으로
둘러싸여 고립되어 있기 때문이다.

그래서 나는 요가 선생님과 915호에게
다가갔다. 915호의 목덜미를 뒤에서 잡아
내팽개쳤다. 915호는 주차장 콘크리트 바닥에
얼굴부터 박으며 쓰러졌다. 물론 915호는
째지는 비명을 지르며 다시 일어서려 했다.
나는 다가가서 915호의 뒷머리를 잡고
콘크리트 바닥에 얼굴을 반복해서 찍었다.
915호가 조용해질 때까지, 새된 비명이
사그라들고 버둥거리던 몸부림도 완전히 멈출
때까지 나는 915호의 뒷머리를 들어 올렸다가
콘크리트 바닥에 내리찍는 행동을 반복했다.

폭행, 상해, 나는 두서없는 단어들을
떠올렸다.

"고소해봐." 내가 말했다.

"또 신고해봐."

915호는 대답할 수 없었다.

"차 좀 빌립시다."

915호가 조용해진 것을 확인하고 내가
요가 선생님한테 말했다.

"저거 버리러 가죠."

나는 요가 선생님이 거부할 것으로
예상했다. 당장 그 자리에서 경찰에
신고하거나 이미 신고했을지도 모른다고
생각했다.

요가 선생님은 운전석에 앉았다. 나는
요가 선생님이 차 문을 닫고 떠나버릴 줄
알았다. 요가 선생님은 차 문을 닫지 않았다.
몸을 숙여 뭔가 당겼다. 트렁크가 열렸다.

"안에 넣어요."

요가 선생님이 말했다. 해가 저물고

주차장은 어스름 속에 묻혀 있었다.

요가 선생님과 나는 915호를 트렁크에
넣었다. 나는 조수석에 탔다. 요가 선생님이
운전했다. 시동을 걸기 전에 요가 선생님이
말했다.

"안전벨트 매요."

안전벨트 버클을 제대로 꽂아 넣기까지
나는 한참이나 허둥거려야 했다. 승용차
조수석에 앉아보는 것은 아주 오랜만의
일이었다. 어쩌면 평생 처음인 것 같기도
했다.

"자동차 비싸지 않아요?"

밤의 산길을 능숙하게 운전하는 요가
선생님을 보며 내가 물었다. 물어보고 나서
후회했다. 트렁크에 사람을 넣어두고 운전
중인 공범에게 물어볼 만한 말은 아니었다.

"비싸요. 필요해요."

요가 선생님이 간단하게 대답했다.

"이런 쪽 저런 쪽 다녀요. 일해야 해요. 다 자동차 가요."

그리고 다시 차 안에 침묵이 흘렀다.

요가 선생님이 차를 세웠을 때 사방은 완전히 깜깜했다. 자동차 전조등 말고는 불빛이 하나도 없었다.

"여기 두고 가요."

요가 선생님이 말했다.

"아무도 없어요."

요가 선생님이 다시 트렁크를 열었고 우리는 함께 915호를 꺼냈다. 혹시나 915호가 깨어나서 차를 쫓아오지 못하도록 둘이 끙끙거리며 차 뒤쪽으로 조금 끌고 가서 떨어뜨려 놓았다. 다시 차로 걸어갈 때 뒤에서 915호의 목소리가 들렸다.

"내가 다 신고할 거야……. 너네 다……
고소할 거야……. 감옥 보내줄 거야……."

감옥.

나는 생각하지 않고 돌아섰다. 915호에게
다가가서 뒷목을 밟았다.

우리는 아무것도 아니다. 이미 아주
오래전부터 행정의 관점에서 볼 때 서울
한복판에 전입신고를 하고 주소지를 갖고 살
돈이 없는 사람은 아무것도 아니게 되었다.
그래서 우리는 밀려나고 밀려나다 못해 이
산속에 모여 있게 된 것이다. 그러니까 우리는
서로에게도 아무것도 아니다. 살아 있으니까
살고 있을 뿐이다.

너의 먹잇감이 되기 위해 내가 존재하는
게 아니다. 내가 죽어도 아무도 슬퍼하지
않듯, 네가 죽어도 아무도 상관하지 않는다.

나는 밟았다. 기분이 좋았다.

겨울 산길은 단단하게 얼어붙어 있었다.
얼어붙은 땅과 내 발 사이에서 사람의 목이
우드득, 하고 부러졌다.

차로 돌아와서 나는 요가 선생님에게
말했다.

"가시고 싶으면 그냥 가셔도 돼요."

요가 선생님이 고개를 저었다.

"쎈터, 태워줄게요."

나는 망설였다. 요가 선생님이 손짓으로
옆 좌석을 가리켰다. 그래서 나는 다시
조수석에 탔다. 이번에는 허둥거리지 않고
안전벨트를 맸다.

"나의 연락처 알게 달라고 했어요. 규정 안
된다고 말해도 듣지 않아요. 이름, 나이, 자꾸
물어봐요."

운전하면서 요가 선생님이 작은 목소리로
말했다.

"카메라 부숴요. 자기 감시한다고, 때렸어요."

요가 선생님이 한숨을 쉬었다.

"카메라 비싸요. 나 외국인, 크레딧, 할부 안 돼요."

좀 더 밟을 걸 그랬다고 나는 생각했다.

기계학습센터 주차장으로 올라와서 요가 선생님은 차를 세웠다. 나는 차에서 내렸다.

"잘 가요."

요가 선생님이 말했다.

"잘 가요."

나도 대답했다.

요가 선생님은 차를 돌렸다. 가느다란 불빛이 내리막길을 따라 사라졌다.

나는 마지막으로 허용된 밤을 혼자서 보내기 위해 깜깜한 주차장을 가로질러 길고 좁은 나의 방으로 돌아갔다.

작가의 말

옛날에 오래 살았던 서울 변두리 원룸의 앞집이 915호였는데 이사 가서 맞이한 첫 명절 연휴에 이 915호 할아버지가 내 방에 들어오려고 했다. 문을 두드려도 안 열어줬더니 915호는 그 다음부터 경비실 옆에 앉아 있다가 나만 보면 고함을 질렀다. 옆방 남자는 밤새도록 벽과 바닥을 울리며 음악을 틀었고 그 건너편 방 사람은 문을 활짝 열고 하루 종일 담배를 피웠으며 건물 지하에는 아무리 봐도 수상쩍은 '성인 전용' 게임장이

있었다. 내 방 창문만은 넓은 통유리였지만
열리는 부분은 손바닥 두 개 넓이였고
그 통유리 창문 밖 길 건너편은 오랫동안
공사판이었다. 그리고 창틀 바깥쪽 코킹이
손상되어 여름에 폭우가 내리자 빗물이
쏟아져 들어왔다. 나는 그 원룸에서 9년간
살며 고립되고 황폐한 이야기들을 상상했다.
그래서 좁고 어두운 9년간의 환희와 증오는
이제 나의 일부이다.

2024년 8월

정보라

정보라 작가 인터뷰

Q. 《저주토끼》로 부커상 최종 후보에 오르셨을 때 "모든 문학과 예술은 포부를 갖지 않을 때 성취를 이룬다"는 말씀을 하셨어요. "이 얘기를 꼭 세상에 내놔야겠다, 쓰고야 말겠다는 게 유일한 포부일 때 좋은 작품이 나온다"고요. 《창문》을 꼭 세상에 내놔야겠다고 생각하신 이유를 듣고 싶습니다.

A. 주로 시청자들 제보로 만들어지는 시사교양 프로그램에 좀 낙후한 지역 공공주택에 사는 사람들 중에서 명백하게 정신적으로 문제가 있는 인물에 대한 이야기를 여러 번 보았습니다. 이런 사람들이 상당히 많은데, 다양한 문제를 일으키지만 이웃들은 돈이 없어서 이사도 못 가고, 문을 안 열어주면 경찰이나 행정공무원도

별다른 조치를 할 수 없는 것 같았습니다.
버려진 사람들이 비전문가가 감당할 수 없는
이상행동을 하는 이웃을 견디며 하루하루
망가져가는 게 어떤 일인지 저도 알기 때문에
이런 것이 행정이나 정책의 사각지대에서
일상적으로 일어나는 일이라면 이야기로
만들어봐야겠다고 생각했습니다.

Q. "제18차 기술지식혁명 어쩌고
토탈 인공지능 파워빌딩 프로젝트가
저쩌고 뭔지 알 수 없는 텅 비고 화려한
수식어"처럼 번쩍거리고 매끈한 공간이 아닌,
기계학습센터는 산골짜기 한가운데 폐교된
대학교 기숙사를 개조한 곳에 위치합니다.
"당신의 뇌를 통째로 삽니다" "신경세포
하나하나가 모두 돈이 된다"라는 광고
문구가 마치 미래형 매혈이나 장기매매처럼

느껴졌어요. 변두리로 내몰린 사람들, 밀려나고 밀려나다 못해 더 이상 갈 곳 없는 사람들, "살아 있으니까 살고 있을 뿐"인 "아무것도 아닌" 사람들이 그저 공짜로 재워주고 돈도 준다는 이유만으로 자신의 의식과 기억을 전부 팔아넘깁니다. 언젠가 정말 이런 세상이 도래할까요?

A. 형태는 다르지만 이미 도래했다고 봅니다. SNS에 보면 모든 취미, 삶의 모든 경험을 광고나 조회수와 연결해서 돈을 벌라는 게시물을 가끔 봅니다. 구독자나 조회수가 많은 계정을 돈 주고 사겠다는 메시지도 종종 받습니다. (저는 별거 없어여……) 이런 광고를 보면서 "신경세포 하나하나가 모두 돈이 된다"는 문구를 떠올렸습니다.

Q. 처음에 '나'는 "가장 가까운 경찰서는 자동차로 적어도 네 시간 거리에 있"는 "내가 지금 여기에 존재한다는 걸 아는 사람조차 아무도 없"는 "실질적으로 무법 지대"인 센터에서 "아무도 없다"는 사실에 큰 불안과 공포를 느끼지만, 마지막 장면에서 주위를 둘러보며 CCTV도 없고 "지켜보는 나 말고 아무도 없었다"는 사실을 확인하며 "산으로 둘러싸여 고립되어 있기 때문"에 "그래서" 915호에게 폭력을 가합니다. 피해자에게는 위험한 공간이 가해자에게는 안전한 공간으로 돌변하는 순간인데요, 여기서 '그래서'라는 접속사를 통해 태세가 완전히 전환되면서 뒤통수를 맞은 듯 얼얼함을 느꼈어요. 접속사 하나만으로 완벽하게 이야기를 전복시키는 힘에 깜짝 놀랐습니다.

A. 사람이 애초부터 피해자로 태어나거나 100% 가해자가 되라는 운명을 어디서 받는 게 아니기 때문에 누구나 상황에 따라 피해자가 될 수도 있고 가해자가 될 수도 있습니다. 범죄자들은 아주 피상적인 정보만 가지고 피해자를 선택하는데 상대가 어떤 사람인지는 사실 아무도 모릅니다.

Q. "감방에는 창문이라도 있으니까 사실 교도소가 여기보다 나은지도 모른다"라고 생각하던 주인공은 915호가 "감옥 보내줄 거야"라고 외치자 생각하지도 않고 돌아서서 915의 목을 밟아버립니다. "나는 밟았다. 기분이 좋았다. 겨울 산길은 단단하게 얼어붙어 있었다. 얼어붙은 땅과 내 발 사이에서 사람의 목이 우드득, 하고 부러졌다." 이렇게 끔찍한 문장을 읽으면서

엄청난 통쾌함과 상쾌함을 느끼는 저 자신을 보며 소름이 돋았는데요, 처음에는 '나'가 피해자라고 생각하며 이야기를 따라가다가, 순식간에 가해자로 바뀐 뒤에도 쉽사리 이입된 감정에서 빠져나오지 못하고 끝내 묘한 쾌감을 느끼며 굉장히 혼란스러웠어요. 소설을 읽는 동안 "불길하고 사악한 어떤 것이 머릿속에 차근차근, 한 톨씩, 한 방울씩 스미는 것"처럼 뇌를 점령당한 기분이었습니다. 6개월 뒤에 프로젝트가 종료되면 어디로 가야 할지 막막하던 "갈 곳 없는" '나'는 915호를 일부러 밟은 걸까요?

A. '나'는 미래가 없다고 생각하기 때문에 폭력에 의존한 것입니다. 이런 결정은 자포자기의 결과이기도 합니다. '나'에게 더 나은 곳으로 갈 수 있는 가능성이 있었다면

폭력을 사용해서 범죄를 저질러 그런
가능성을 망치는 짓을 안 했을지도 모릅니다.
아마 좀 참고 그 센터에서 탈출하는 쪽을
선택했을 것입니다.

Q. "어디에나 통계적으로 열 명 중에
한 명 정도는 또라이가 있는 법이고 주변에
아무도 또라이가 없으면 내가 그 또라이라고
하지 않던가. 어디서 들었는지는 잊었지만
이 말은 정말 인생의 진리였다." 소설 속에서
'또라이 질량 보존의 법칙'에 대한 이야기가
나옵니다. 마지막 장면을 보면서 역시 '이
구역의 또라이는 나'가 아니었을까 하는
생각에 서늘해지는데요, 작가님이 지금껏
만난 인생 최대의 또라이는 누구인가요?

A. 가족 중에 있습니다. 여러 명입니다.

Q. 인공지능을 소재로 한 소설이기도 합니다. 요즘 챗GPT 등 인공지능을 활용한 창작 활동이 활발한데요, 번역가들도 초벌 번역에 도움을 받는다는 얘기를 많이 듣습니다. 혹시 소설 창작이나 번역 작업에 활용하시는지 궁금합니다.

A. 구글 어시스턴트의 재미없는 농담을 들으며 심심풀이를 하기는 합니다. 생성형 인공지능을 자발적으로 사용하지는 않습니다. 남의 지능(?)이 제 작업에 끼어드는 걸 원하지 않습니다. 그러나 운전할 때 내비게이션부터 SNS의 여러 개인화 기능, 스마트폰의 편리한 기능들이 모두 인공지능에 의존하기 때문에 제가 의식적으로 쓰지 않아도 아마 매일매일 인공지능을 사용하고 있을 것 같습니다.

Q. 위픽 시리즈 표지는 작품과 어울리는 색깔을 표지 색으로 정하는데요, 《창문》은 작품 전체를 통틀어 색깔이라고는 검은색 외에, 한 뼘짜리 창문 틈새로 겨우 보이는 저녁 해가 "분홍색과 붉은색 햇살을 뿌리며 저물고 있"는 색이 전부여서, 색상을 노을빛으로 결정하게 되었습니다. 작품에 의도적으로 색깔을 쓰지 않으신 걸까요?

A. 예전에 살았던 건물의 이미지가 제 머릿속에는 무채색, 회색 아니면 검은색으로만 남아 있어서 햇살 색깔에 집중한 것 같습니다. 버려진 곳이라는 느낌도 강조하고 싶었습니다.

Q. 20여 년 전 환상문학 웹진 《거울》에서 정도경이라는 필명으로 활동하셨는데요,

정세랑 작가가 "얼마나 많은 새벽, 정보라의 단편을 보며 위로받았는지 모른다"고 고백하기도 하셨죠. '정도경'이라는 필명이 독특한데, 무슨 뜻이며 어떻게 지으신 이름일까요?

A. 엄마가 10만 원 주고 작명소에서 사온 이름인데요, 나중에 그 작명소를 소개해준 친척들 얘기를 들어보니 모든 고객 이름을 전부 도경이 아니면 수경이로 지어주는 곳인 것 같았습니다. 제 이름엔 한자가 없기 때문에, 작명소에서 준 한자가 있었습니다만 제 마음대로 파도의 도(濤)와 고래 경(鯨)을 쓰고 있습니다. 바다가 좋아여……

Q. 러시아어, 폴란드어, 영어 번역가로도 활동하고 계신데요, 4개국어를 하시게 된

배경과 비결이 궁금합니다.

A. 러시아어 문자가 너무 궁금해서, 키릴 문자를 읽고 싶어서 러시아어를 배웠습니다. 그런데 문학 작품들이 너무나 창의적이고 광기에 가득해서 정말 매력적이었습니다. 대학원에 진학하고 보니 졸업 필수 요건으로 러시아어와 같은 어족의 슬라브어를 하나 더 배워야 해서 이번에는 따로 알파벳을 배울 필요가 없는 폴란드어를 공부했습니다. 문법이 아주 유사하고 단어도 비슷해서 크게 어렵지 않습니다. 한국어와 영어가 더 어렵습니다…… ㅠㅠ

Q. 최근에 첫 에세이 《아무튼, 데모》를 출간하셨는데요, 10년 넘게 꼬박꼬박 출근하듯 집회에 참석해오셨어요. "나는

데모하러 나가서 동지들을 실제로 보면서
실제로 땅을 딛고 같이 행진하는 것을
좋아한다. 글자 그대로 걸을 때마다 조금
더 좋은 세상에 가까이 갈 수 있을 것 같은
기분이 든다"는 말씀에 저도 더 열심히
집회에 참여하겠다고 다짐했습니다. 요즘은
어떤 집회에 참석하시나요?

　　A. 얼마 전에 아리셀 추모제에
다녀왔습니다. 제가 지금 포항에 사는데
화성까지 좀 멀어서 자주 가지 못하는 게
유가족분들께 죄송합니다. 포항에서 가까운
구미에 있는 외국인 투자 산업단지에서
한국옵티칼하이테크 해고노동자들이
고용승계를 요구하며 7개월 넘게 고공농성을
하고 있습니다. 그래서 구미에 자주 갑니다.

Q. 소설과 번역과 데모, 이 모든 걸 해내는 에너지의 원동력으로 '마감'과 '분노'를 꼽으셨어요. 작가님과 작업하면서 거의 즉답 수준의 피드백에 편집자에겐 정말 국보급 작가라는 생각이 들었습니다. 마감 정신이 투철하신 것으로 유명한데요, 일의 완급 조절이나 모드 전환, 우선순위, 거절의 기술, 일정 관리 등 특별한 노하우가 있으실까요?

A. 그때그때 닥치는 대로 합니다! 저도 몰라여!! 닥치면 어떻게든 다 합니다!!!

Q. 오랫동안 검도를 수련하신 유단자로 알고 있는데요, 검도는 어떤 연유(개인적인 원한과 복수, 정의구현, 독재타도, 부패척결 등등)로 시작하시게 되었나요? 또한 글쓰기 작업에는 체력 관리가 필수일 텐데요,

(작가님의 만수무강을 기원하며) 운동, 식단, 명상 등 건강관리는 어떻게 하시는지도 궁금합니다.

A. 요즘에는 생활이 불규칙하다 보니 운동을 못 해서 좀 아쉽습니다. 대학교 때 태권도를 했고 대학원 다닐 때는 가라테를 해서 무기를 쓰는 운동을 배워보고 싶었습니다. 그리고 집 근처에 여성 관장님이 운영하시는 검도장이 있어서 무작정 가서 시작했습니다. 건강관리는 마감에 쫓겨서 역시 되는대로…… 하는지 마는지…… 이러고 있습니다. 건강검진은 열심히 받는 편입니다.

Q. '작가의 말'을 통해 좁고 어두운 변두리 원룸에서 고립되고 황폐한 이야기들을 상상하던 시절에 대해서 말씀하셨는데요,

《창문》의 주인공은 한 뼘짜리 창문 틈새로
비쳐드는 "불그스름한 분홍빛 햇살의 마지막
조각들"을 바라보며 무슨 꿈을 꾸었을까요?
그리고 지금도 어딘가 좁고 어두운 방에서
"고통을 피해 달아날 곳이 없는" 분들에게
해주고 싶은 말씀이 있으실까요?

   A. 주인공은 별다른 꿈을 꿀 여력이
남아 있지 않았을 거라고 생각합니다. 그리고
고통을 피해 달아날 곳이 없는 분들께 제가
뭔가 이야기를 하기보다는 그분들의 말씀을
들어야 할 것입니다. 다들 빈곤사회연대
후원하십시오 투쟁.

한 조각의 문학, 위픽 (wefic)

위픽은 위즈덤하우스의 단편소설 시리즈입니다.
'단 한 편의 이야기'를 깊게 호흡하는
특별한 경험을 선사합니다.

이 작은 조각이 당신의 세계를 넓혀줄
새로운 한 조각이 되기를.
작은 조각 하나하나가 모여
당신의 이야기가 되기를.

당신의 가슴에 깊이 새겨질
한 조각의 문학, 위픽

위픽 뉴스레터 구독하기
인스타그램 @wefic_book

- 63

창문

초판 1쇄 발행 2024년 9월 11일
초판 2쇄 발행 2024년 10월 25일

지은이 정보라
펴낸이 최순영

출판2 본부장 박태근
스토리 팀장 김소연
편집 곽선희 김해지 이은정
디자인 이세호

펴낸곳 ㈜위즈덤하우스   **출판등록** 2000년 5월 23일 제13-1071호
주소 서울특별시 마포구 양화로 19 합정오피스빌딩 17층
전화 02) 2179-5600   **홈페이지** www.wisdomhouse.co.kr

ⓒ 정보라, 2024

ISBN 979-11-7171-713-2 04810
       979-11-6812-700-5 (세트)

값 13,000원